Claire Gratias - Clotka

CLASSE DÉTECTIVE

Qui en veut à Madame Poilvert ?

Belin
Jeunesse

Adèle Goupil
Medhi
Kim
Jules
CLASSE DÉTECTIVE

LES SUSPECTS

Chapitre 1

Apprentis détectives !

Mardi 10 septembre, 11 h 30.

– Ce matin, vous allez choisir votre activité ! dit madame Patience à ses élèves.

Jules, Medhi et Kim se penchent sur la liste.

– **PFFF !** Y'a rien qui me plaît, soupire Jules.

C'est alors qu'il tombe sur la dernière ligne.

– Et ça, qu'est-ce que c'est ? demande-t-il à ses amis.

– Ça, c'est exactement ce qu'il nous faut ! dit Kim.

15 h 30. **DRIIING !** C'est l'heure des activités ! Une jeune fille avec un drôle de chignon accueille les trois amis.

– Bonjour ! Je m'appelle Adèle Goupil.

Je suis détective privé. Je vais vous apprendre à enquêter.

– **WAOUH !** lâchent-ils, très impressionnés.

– On va coincer les méchants,
comme à la télé ? demande Medhi.
– C'est ça, oui ! dit Adèle.
– On commence quand ? demande Kim.
– Dès qu'un délit aura été commis,
répond tranquillement Adèle.
– Ben, c'est pas demain la veille, soupire Jules.

Chapitre 2

Au travail !

Jeudi 12 septembre, 8 h 20.

– Tiens, pourquoi Adèle est déjà là ?
s'étonnent Medhi et Jules en arrivant à l'école.
– Ça y est ! Nous avons une affaire à tirer au clair !
annonce Adèle.
– Vous ne devinerez jamais ce qui s'est passé ! dit Kim.
– On a saccagé le jardin de la gardienne ! dit Adèle.
– Qui a osé faire ça ? s'écrient les garçons.
À l'école, tout le monde aime madame Poilvert.
Elle fait des super gâteaux pour les anniversaires.
Et chacun sait qu'elle adoooore ses rosiers.
– À vous de le découvrir ! dit Adèle.

Dès la récréation, les trois amis commencent leur enquête.

– Allons voir Inès, propose Kim. Cette pipelette est toujours au courant de tout.

Inès est la rédactrice en chef de *Gazouillis*, le journal de l'école. Elle ne se fait pas prier pour tout raconter…

– **C'EST AFFREUX !** dit-elle. Hier soir, quelqu'un a peint les roses de madame Poilvert en noir !

– À quelle heure ça s'est passé ? demande Jules en sortant son petit carnet.

– Elle est partie chez le coiffeur à 17 heures. Quand elle est rentrée à 19 heures, elle a découvert le massacre. Et moi, je sais qui a fait ça…

– C'est qui ? demande Medhi.

PAOLO
10

– **C'EST PAOLO !** répond Inès.

– Ah, oui ? dit Jules perplexe. Tu as des preuves ?

– Mardi, je l'ai vu faire le tir du siècle. Manque de bol, son ballon a atterri sur un rosier de madame Poilvert. Elle l'a surpris, et il a été puni.

– **HO, HO...** dit Kim en prenant des notes.

Mais soudain, Inès aperçoit Théo.

– Théo ! Tu as terminé ton article pour *Gazouillis* ?

– Oui, je suis allé au ciné hier après-midi. J'ai écrit une critique d'enfer !

– Quel film t'as vu ? lui demande Medhi.

– *Gare aux ténèbres* ! Une histoire de monstres qui plongent les mortels dans l'obscurité.

Chapitre 3

Sur la scène de crime

Jeudi 12 septembre, 15 h 30.

Dès que la sonnerie retentit, les trois amis vont retrouver Adèle.

– On a interrogé des témoins ! lui dit Jules.

– Super ! Vous me raconterez ça tout à l'heure. Partons vite sur la scène de crime !

Adèle ouvre le portillon de la gardienne. Quelle désolation ! On dirait que les roses ont été carbonisées par un dragon !

– Observez bien les lieux, dit Adèle. Et ne touchez à rien sans me le dire. Kim, tu prends des photos. Les garçons, vous cherchez des indices.

– Medhi ! appelle Jules. Tu vois ces minuscules taches un peu partout ?

– Le coupable a dû utiliser de la peinture en bombe… dit Medhi.

– Excellente conclusion ! dit Adèle.

Medhi repart explorer la pelouse.

– Adèle, j'ai trouvé un ticket de cinéma ! s'écrie-t-il. Juste là, à quelques mètres des rosiers !

Adèle accourt. Elle le ramasse avec une pince et le glisse soigneusement dans une enveloppe.

Les petits détectives s'activent.

Ils ne voient pas qu'un garçon les observe depuis cinq minutes…

Soudain, il surgit de derrière la haie.

– Qu'est-ce que vous faites dans mon jardin ? demande-t-il d'un air menaçant.

– Nous faisons une petite enquête… répond Adèle.

– Une enquête ? Pour des fleurs ? N'importe quoi… rétorque-t-il en s'en allant.

– C’est Alex, le fils de madame Poilvert, dit Medhi. C’est un copain de mon frère. Ils sont tous les deux fans de jeux vidéo et de films d’horreur.

– Tout le monde ne peut pas aimer les roses ! dit Adèle en riant.

Chapitre 4

Un nouveau délit

Vendredi 13 septembre, 8 h 30.

Ce matin, une sacrée nouvelle attend les trois amis.

Le portail de l'école a été peint en noir pendant la nuit !

– **ÇA ALORS !** s'écrient-ils.

Mais c'est l'heure d'aller en cours.

La leçon de maths semble durer une éternité.

Ouf, enfin la récré ! Kim file aux toilettes,

où elle fait une drôle de rencontre.

Devant le lavabo, Léa frotte énergiquement ses mains.

– Qu'est-ce qui t'arrive ? lui demande Kim.

– J'ai fait de la peinture mercredi, et ça ne part pas !

– **HO, HO**... Pas de chance, murmure Kim.

Après la classe, Medhi, Jules et Kim se rendent avec Adèle devant le portail de l'école.

– L'affaire se complique ! dit-elle. Étudions de près cette deuxième scène de crime !

– Regardez ! dit Kim. Il y a de minuscules taches de peinture sur le sol. Comme près des rosiers…

– Eh ! Venez voir ce qu'il y a là-dedans ! s'écrie Jules, penché au-dessus d'une poubelle.

Adèle enfile un gant en caoutchouc et saisit… une bombe de peinture usagée ! Noire, bien entendu.

– **BINGO !** Allez, on rentre, dit Adèle.

Sur la table, Adèle dispose tous les indices :

- un ticket de cinéma usagé,
- une bombe de peinture noire vide,
- les photos prises par Kim.

– Une preuve est peut-être là, sous vos yeux ! dit-elle.

– Moi, je n'y comprends rien, dit Jules.

– Patience, nous allons trouver une piste, dit Adèle.

SUSPECTS?
LIEUX?
ALIBIS?
PREUVES?
NOIR

a
b
c
d

Chapitre 5

Brrrr...

Lundi 16 septembre, 8 h 15.

Ce matin, c'est Inès qui apprend à Medhi, Jules et Kim l'incroyable nouvelle.

– Il s'est passé un truc horrible ! Dans votre classe ! leur dit-elle les yeux brillant d'excitation.

QUELLE HORREUR !

Toutes les vitres de leur salle ont été peintes en noir !

– On n'y voit plus rien ! s'écrient les élèves en entrant.

– Du calme ! dit madame Patience. Il s'agit sûrement d'une mauvaise blague, rien de plus.

– Nan ! C'est un monstre qui en veut à notre école, dit Zélie. Il va tous nous dévorer !

Les Contes
de Perrault

À la récré, Medhi poursuit Zélie.

– Pourquoi tu dis que c'est un monstre qui a peint nos fenêtres ?

– T'as pas vu *Gare aux ténèbres* ? Ce qui se passe à l'école, c'est pareil, assure Zélie. Quelqu'un veut nous plonger dans le noir !

– Faut que j'en parle à Jules et Kim, se dit Medhi pas très rassuré.

CINÉMA
SÉANCE
16:30
GARE aux
ÉCOLE
H

Chapitre 6

Qui sont les suspects ?

Mardi 17 septembre, 15 h 45.

– Résumons ! dit Adèle. Trois délits ont été commis dans notre école.

– Chaque fois, on a peint quelque chose en noir, constate Jules. Mercredi, c'étaient les roses de madame Poilvert ; dans la nuit de jeudi, le portail de l'école ; et ce week-end, les vitres de notre classe.

– Ça se rapproche de plus en plus de nous, murmure Kim. Quelqu'un nous en veut !

– À mon avis, il n'y a qu'un seul coupable, dit Medhi.

– Commençons par faire une liste des suspects, propose Adèle.

– Il y a Paolo, qui a cassé le rosier de madame Poilvert en jouant au foot, dit Medhi.

– Et quel serait son mobile ? demande Adèle.

– Ben… il a fait ça pour se venger, car il a été puni !

Adèle écrit au tableau :

SUSPECT N°1 : PAOLO
MOBILE : VENGEANCE

– À qui d'autres pensez-vous ? demande Adèle.

– Il y a Léa, qui a fait de la peinture mercredi, dit Kim.

– Mais le mercredi, elle va au même cours de poney que ma sœur, réplique Jules. De 17 h 30 à 18 h 30, pile-poil quand les roses ont été peintes en noir.

– Il faudra vérifier si cet alibi tient, dit Adèle.

– Et il y a un autre problème : pour peindre les vitres de notre classe, il a fallu rentrer dans l'école pendant le week-end… fait remarquer Kim.

– Très juste ! dit Adèle.

– **PFF…** On ne trouvera jamais qui c'est ! râle Medhi.

Chapitre 7

Un nouveau coupable

Vendredi 20 septembre, 15 h 30.

– Cette affaire est un vrai sac de nœuds ! ronchonne Adèle en attendant ses petits détectives.

– Bonjour Adèle ! Ça ne va pas ? lui demandent-ils en voyant sa moue embarrassée.

– Il faut éliminer Paolo de la liste des suspects ! leur annonce-t-elle. J'ai lu dans son dossier scolaire qu'il était allergique à la peinture.

– Et ce n'est pas Léa non plus, dit Jules. Elle était bien au poney-club avec ma sœur.

– Mais nous suivons une nouvelle piste ! dit Kim très fière.

– J'ai repensé à ce que m'avait dit Zélie. Ce qui nous arrive, c'est comme dans *Gare aux ténèbres* : tout devient noir ! explique Medhi.

– Or qui a fait une critique de ce film dans *Gazouillis* ? poursuit Jules.

– Théo ! annonce Kim. Et comme par hasard, il est allé au ciné mercredi après-midi !

– Voici notre preuve : le ticket de cinéma ! lance Medhi. C'est un peu effacé, mais on peut lire « ténèbres », ici !

– C'était la séance de 16 h 30, ajoute Kim. Comme elle se termine à 18 heures, il a largement eu le temps de peindre les fleurs !

– Donc, selon vous, Théo se prend pour le réalisateur de *Gare aux ténèbres* : il veut tout repeindre en noir.

Très impressionnée, Adèle écrit au tableau :

PAOLO
THÉO

Chapitre 8

Démasqué !

Mardi 24 septembre, 15 h 30.

– **ON A TOUT FAUX !** crie Kim en retrouvant Adèle et ses amis. Le coupable, c'est… Alex !

– Ah bon ? s'écrient les garçons.

– Regardez ma photo ! C'est quoi, là, sur le bout de ses baskets ? dit Kim.

– Des taches de peinture noire ! s'écrie Medhi.

– Exact ! Et qui est le seul élève à pouvoir aller et venir dans l'école pendant le week-end ? poursuit Kim.

– Alex ! lâche Jules épaté.

– Voici deux preuves accablantes ! conclut Adèle. Je vais aller l'interroger dès ce soir.

À 19 heures, Adèle se rend chez madame Poilvert. Un peu honteux, Alex avoue aussitôt :

– Ma mère m'a privé de jeux vidéo à cause de mes mauvaises notes. Quand j'ai vu *Gare aux ténèbres*, j'ai eu une idée : moi aussi, j'allais tout peindre en noir pour me venger des mortels mortellement ennuyeux !

Le lendemain après-midi, Adèle raconte tout à ses petits détectives.

– Alex a été puni. Il doit replanter des rosiers, repeindre le portail et nettoyer les vitres de votre classe !
Vous avez fait du bon travail. **BRAVO !** Je vous déclare membres officiels de l'agence « Classe détective » !

LES 5 ERREURS

Gazouillis, le journal de l'école, a fait un compte rendu de l'affaire «Gare aux ténèbres!» Mais Inès ne l'a pas bien relu. Il comporte 5 erreurs. Sauras-tu les retrouver?

Gazouillis

Quelle rentrée !

Trois faits incroyables ont perturbé la rentrée des classes au cœur même de l'école!

Tout a commencé ce mercredi 11 octobre, quand madame Poilvert découvre les géraniums de son jardin peints en noir.
Le lendemain matin, les élèves constatent que l'horloge de l'école a elle aussi changé de couleur!
Lundi, enfin, ce sont les vitres de la cantine qui ont été recouvertes de peinture noire.

Heureusement, on a vite démasqué le coupable grâce à l'enquête d'Adèle Goupil et de ses petits détectives, Kim, Medhi et Arthur. On leur dit merci!

Solution : Tout a commencé **mercredi 11 septembre**. / Madame Poilvert découvre les **roses** de son jardin peintes en noir. / Le **portail** de l'école a lui aussi changé de couleur. / Ce sont les vitres de **la classe de Kim, Jules et Medhi** qui ont été recouvertes de peinture noire. / Grâce à l'enquête de Kim, Medhi et **Jules**.

CHERCHE L'INTRUS

Pendant toute l'enquête, Kim a pris beaucoup de photos. Sur quelles photos vois-tu les indices qui ont mis les petits détectives sur la bonne piste ?

Solution : Les 3 indices sont la bombe de peinture noire, les baskets rouges tachées de noir, le ticket de cinéma.

RELÈVE DES EMPREINTES !

Il te faut :

- un saladier
- un crayon de papier
- un taille-crayon
- un pinceau de maquillage
- des gants en caoutchouc
- un rouleau de scotch
- une feuille blanche

Pour relever des empreintes de doigts sur un objet, voici la marche à suivre :

1. Taille le crayon de papier et, au fur et à mesure, casse, au-dessus du saladier, sa mine en morceaux.
2. Dans le saladier, écrase les morceaux de mine pour obtenir de la poudre.
3. Enfile les gants pour prendre l'objet sur lequel se trouvent les empreintes à relever.
4. Trempe le pinceau dans la poudre.
5. Passe le pinceau sur l'objet de façon à ce qu'il soit recouvert de poudre.
6. Une empreinte de doigt apparaît !
7. Coupe un bout de scotch assez grand pour recouvrir l'empreinte.
8. Colle-le sur l'empreinte et lisse bien.
9. Puis décolle délicatement le scotch et recolle-le sur une feuille blanche.
10. Voilà, tu as fait un relevé d'empreinte !
11. Mais à qui appartient-elle ? Seul le fichier des empreintes digitales de la police peut te le dire !